평화롭게 함께 하기를

JUNO.

안 자고 뭐하니?

안 자고 묘능하니?

프롤로그

고양이의 밤

내 이름은 '몽', 이 책을 쓴 고양이다.
그렇다. 나는 글을 쓸 수 있다.
이건 집사도 모르는 나만의 비밀이다.
사람들은 고양이가 글을 쓴다고 하면
특별하다고 생각할지 모르지만
집사에게 난 그저 평범한 고양이고 싶다.
집사와 어색해지는 건 싫기 때문이다.

난 주로 집사가 잠든 밤에 시간을 보내고
그 시간들을 글로 남긴다.
나에게 밤은 특별한 시간이다.
인간들이 모두 잠든 밤,
비로소 고양이만의 세계가 열리는 시간.
우리는 그 안에서 각자 자신만의 일상을 꾸린다.
인간들은 감히 상상할 수도 없을 만큼
때론 치밀하고 때론 깜찍하게.

만약 나중에 누군가 내 글을 읽는다면
어느 인간이 쓴 허무맹랑한
고양이 소설일 거라고 생각할지도 모른다.
하지만 아무래도 상관없다.
나는 그저, 나의 이야기를 할 뿐이고
그것으로 충분하니까.

프롤로그

차례

나에게 밤이란

밤은 '묘한' 시간이다.
나는 달콤한 츄르도 좋고
푹신한 이불 속에서 잠드는 것도 좋지만
이 '묘한 밤'을 제일 좋아한다.
태양이 눈을 감고, 달이 눈을 뜨는 밤
인간들은 모르는 고양이가 가장 사랑하는 시간.
우리는 그렇게 밤의 세계를 연다.
어두운 도시의 밤을 지키는
나는 센치한 고양이다.

나에게 밤이란

집들이

안 자고 뭐하니?   10

오늘은 중요한 날이다. 집들이가 있기 때문이다.
집사가 잠든 밤, 창문을 열어 친구들을 초대했다.
친구들은 낯선 집을 탐색하기 시작했고
열심히 자신의 냄새를 이곳저곳 묻혔다.
차린 건 사료뿐이었지만 모두 맛있게 먹어 주었다.
식후에는 내가 좋아하는 전용 생수를 대접했고
집사가 최근에 가져온 장난감도 구경시켜 주었다.

집들이

흔들면 날개에서 낙엽 밟는 소리가 나는 장난감에
친구들이 이성을 잃어 하마터면 집사가 잠에서 깰 뻔했다.
각자 편안한 자리를 골라 골골송을 부르다 보니
어느새 해가 뜨고 있었다.

친구들은 서둘러 각자의 영역으로 돌아갔다.
하지만 나에게는 아직 해야 할 일이 남아 있다.
친구들의 냄새를 지우기 위해 이곳저곳에 턱을 부비는 일······.

집사가 깨 기지개를 켜는 소리가 수염을 통해 느껴졌다.
그러나 나의 잠은 지금부터다.
집들이는 역시 피곤한 일이다.

집들이

인형 뽑기

새로운 아지트를 발견했다.
투명한 냉장고처럼 생긴 기계인데 안을 살펴보니
다른 녀석들이 이미 자리를 잡고 잠들어 있었다.

'감히 내 구역에서 잠을 자다니!
근데 어떻게 저 안으로 들어간 걸까?'

눈을 감고 녀석들의 냄새를 맡았다.
그리고 구멍 하나를 발견했다.
안으로 들어와 보니 이건 인간들이 만든 인형이었다.
영역 다툼을 해야 하나 걱정했는데 다행이었다.
편안해진 마음으로 녀석들의 몸에 턱을 비비고 꾹꾹이를 했다.

인형 뽑기

잠시 잠들었던 걸까?
경쾌한 소리에 눈을 뜨니
내 몸이 움직이고 있었다.
밖을 보니 넥타이를 맨 남자가
웃으며 날 보고 있었다.
'그나저나 난 왜 움직이고 있는 거지?'

"드디어 뽑았다!"
남자가 외쳤다.

술 냄새가 코를 찔렀다.
이게 무슨 일이지? 정신을 차려 보니
난 이미 어딘가로 떨어지고 있었다.
아래로 아래로…….

꼬리를 움직여 몸의 균형을 잡고 착지했다.
구멍 입구에 도착해 머릿속 지도를 펼쳐 도망칠 방향을 그렸다.
'발톱을 빼내 전속력으로 달리는 거다! 하나, 둘, 셋!'

뒤에서 남자의 목소리가 들려왔다.
"안 돼! 가지 마!"

술 냄새가 희미해져 갔다.
밤공기가 차가워 코끝이 시렸다.
자동차 밑에 숨어 놀란 가슴을 진정시켰다.
어쩌면 이 도시에 완벽한 아지트란 없을지도 모른다.

집사를 밥는 이유

집사와 함께 생활하려면 많은 규칙이 필요하다.
예를 들어 집사의 책상에 있는 물건을 떨어트리지 말 것,
주방은 위험하니 되도록 가지 말 것,
사료 보관함은 건드리지 말 것 등등이다.

난 규칙을 잘 지키고 있다. 하지만 늘 집사가 문제다.
내가 집사에게 바라는 건 간단하다.
잘 갈아놓은 내 손톱을 건드리지 말 것,
맘대로 배 만지지 말 것, '돼지'라고 놀리지 말 것,
내가 신호를 보내면 빠르게 간식을 줄 것 등이다.
하지만 집사는 잘 지키지 않고 있다.

집사를 밟는 이유

며칠 전, 밤늦게 외출하고 돌아오니
집사의 책장 위 물건들이 어지럽게 널려 있었다.
나는 물건을 떨어트리지 않기 위해 집중해서 요리조리 피해야만 했다.
피곤이 밀려왔다. 조심조심 이제 바닥으로 점프만 하면 되는데……
그 순간 잠든 집사가 보였다. 갑자기 짜증이 났다.
전날, 내게 간식도 주지 않고 외출했던 일이 떠올랐기 때문이다.
난 바닥 대신 다른 곳을 향해 뛰기로 마음먹었다. 점프!

장에서 깬 집사의 "윽!!!" 소리와 함께
냅다 거실을 향해 도망쳤다.
하하! 이제 조금 분이 풀리는 기분이다.
집사 배의 물컹한 촉감이 아직 앞발에 남아 있다.
식탁 밑에 숨어서 그 온기를 핥는다.

'집사야, 내 기억력이 좋다는 거 잊지 마.'

집사를 밟는 이유

민들레

인간들은 꽃을 좋아하는 것 같다.
꽃을 든 사람의 표정은 대부분 밝다.
그리고 그걸 받는 사람의 표정은 더 밝다.
표정이 밝다는 건 입꼬리를 보면 알 수 있다.
인간은 웃을 때, 대부분 입꼬리가 올라가기 때문이다.
밤마다 내가 다니는 가로등 아래에도 노란 꽃이 피었다.
사람들이 예뻐하는 꽃을 먹으면 나도 더 예뻐지지 않을까?

'킁킁, 우웩!'

아니다. 이걸 먹으면 분명 위험해진다.
짜증이 나서 앞발로 꽃을 툭툭 쳤다.

"너보다는 내가 훨씬 귀엽고 예뻐."

설마 내가 꽃에게 질투를?
괜한 화풀이를 한 것 같아 뻘쭘해졌다.
집에 돌아오니 식탁에 무언가 올려져 있었다.

'이런, 또 꽃이다.'

에잇! 밖에서는 모르겠지만
이 집에 예쁜 건 나 하나로 충분하다!

'쨍그랑!'

민들레

장갑

툭!

인간은 두 발로 걷도록 진화했는데
그 때문인지 앞발은(인간들은 손이라고 한다.)
늘 공중에 떠 있는 모습이다.
우리 눈엔 인간들이 걷는 모습이 매우 불안하고 웃기다.
집사는 공중에 뜬 앞발로 나에게 간식을 주고
요리도 하고 사진을 찍기도 한다.
인간들은 가방이라는 주머니에 다양한 도구를 넣고 다닌다.
난 그 속을 훔쳐보는 것에 환장하는데
그건 그 속에 알 수 없는 다양한 냄새가 섞여 있기 때문이다.

장갑

어느 날 밤, 한 인간이 가방에서 무언가를 떨어트렸다.
잽싸게 달려가 냄새를 맡아 보았다.
어디선가 많이 본 건데 잘 기억이 나지 않았다.
'머리에 쓰는 건가?'
그러고 보니 집사가 그것과 비슷한 것을
머리에 썼던 것도 같다.

"집사가 이런 걸 머리에 쓰던데 우리도 한번 써 보자."

머리에 쓰고 걷다 보니 열이 나 후끈거렸다.
친구의 모습은 닭 머리 같아서 웃음이 났다.
인간들은 대체 왜 이런 쓰잘머리 없는 걸 만드는지
도무지 이해할 수 없다.

장갑

컴퓨터

집사가 오늘은
늦게까지 일을하네.

인간은 더 이상 사냥을 하지 않는다.
그렇다면 어떻게 생존해 가는 걸까?
집사를 유심히 관찰한 결과
책상에 앉아 사냥을 대신하는 것 같다.
사냥에 성공하면 다른 사람이
집 앞까지 사냥감을 포장해서
가져다주기도 한다. 신기한 시스템이다.
책상에 있는 그 네모난 상자의
이름을 알기까지 많은 시간이 걸렸다.

'컴퓨터!'

컴퓨터

컴퓨터를 유심히 바라본 적이 있는데
눈이 부셔서 그다지 마음에 들지 않았다.
어떻게 인간들은 이런 걸 종일 들여다보는 걸까.
하지만 가끔은 나에게도 유용할 때가 있다.
쌀쌀한 날이면 그곳에 올라가 몸을 녹인다.
따듯하기 때문이다. 하지만 집사는
날 다시 책상 아래로 내려놓는다.

'흥! 이 네모난 상자가 나보다 소중하다는 것이냐!'

그러나 컴퓨터가 나와 집사에게
먹이를 가져다주는 존재라는 걸 알게 된 후,
낮에는 컴퓨터에게 집사를 양보하기로 했다.
하지만 밤까지 컴퓨터만 보는 건 참을 수 없다.
컴퓨터 앞으로 가 화면을 가려 버린다.
컴퓨터와 함께 집사를 공유하는 나만의 방법이다.

31   컴퓨터

유혹하는 법

난 모든 수컷을 유혹할 수 있다.

마음만 먹는다면 말이다.

내 타고난 미모도 있지만 그것보다는 머리를 잘 쓰기 때문이다.

며칠 전 밤에도 이 방법으로 수컷을 유혹하는 데 성공했다.

'브라운'이라는 이름을 가진 고양이였다.

그의 매력 포인트는 커다란 얼굴과 수북한 갈색 털인데

무엇보다 생쥐를 빠르게 쫓아

겁을 주는 모습에 마음을 빼앗기고 말았다.

그에게 다가가 먼저 인사했다.

"안녕!"

그는 자신의 구역에 들어온 나를 경계하는 눈치였다.

난 꼬리를 내리고 코를 그의 코 가까이 가져갔다.

브라운의 코가 씰룩거리며 내 냄새를 확인했다.

"우리 집에도 생쥐 한 마리가 있는데, 혼 좀 내 줄래?"

"생쥐쯤이야. 1초면 충분해."

유혹하는 법

나는 브라운을 우리 집으로 초대했다.
브라운은 집 안을 열심히 두리번거렸다.
그의 귀가 씰룩거리고 수염이 파르르 떨렸다.
"생쥐가 어딨지?"
브라운이 나를 보며 물었다.

나는 떨리는 심장을 진정시키며
자신 있게 말했다.

"여기! 찍찍!! 날 잡아 줘!"

이 방법은 너무 강력해서
아무에게도 알려 주기 싫지만
집사에게만큼은 꼭 알려 주고 싶다.
집사도 나처럼 꼭 성공하길 바라며…….

유혹하는 법

피시방

지하 계단에서 음식 냄새가 솔솔 풍겨 왔다.
이곳은 뭘 하는 곳일까?
혹시 전쟁에 대비해 만들어진 벙커 같은 게 아닐까?
이곳을 자세히 파악해 볼 필요가 있다.
전쟁은 우리 고양이들에게도 위험하니까.

안으로 들어가는 남자를 따라 들어선 곳에는
컴퓨터가 가득 들어차 있었다.
한 남자가 턱을 괸 채 졸고 있었고
몇몇 사람들이 심각한 표정으로
모니터를 노려보고 있었다.
'대체 뭘 하는 거지?'

피시방

화면을 유심히 관찰한 결과
그들은 사냥 연습을 하고 있는 듯했다.
내가 매일 발톱을 날카롭게 만드는 것처럼
이 컴퓨터 속에서 사냥 연습을 하고
두뇌를 단련하고 있는 것이다.

피곤해 보이는 한 남자의 무릎에 올라가
그에게 그만하라는 신호를 보냈다.
남자는 나를 안아 바닥에 내려놓으며 말했다.
"저리 가, 너 때문에 졌잖아!"

결국 난 쫓겨나고 말았다.
인간들은 밤에도 사냥 연습을 하며
치열하게 사는 걸까.
인간들의 삶은 밤에도 좀처럼 평화롭지 않다.

피시방

잠

나는 집사의 잠든 얼굴을 관찰하는 걸 좋아하는데
그의 숨소리만 들어도 어떤 꿈을 꾸는지
대략 알 수 있다. 입맛을 다시면
꿈에서 무언가를 먹고 있는 것이고
숨이 편안해지면 꿈을 꾸지 않는
깊은 수면 상태이고
숨소리가 거칠어지면
악몽을 꾸고 있는 것이다.
집사는 요즘 악몽을 자주 꾸는 듯하다.
잠꼬대도 늘었다. 어차피 꿈이니
상관없다고 생각할지 모르지만
거친 숨소리와 잠꼬대가 여간 신경 쓰이는 게 아니다.

집사의 가슴 위로 올라가 꼬리로 얼굴을 쳤다.
다음은 목 부위를 천천히 꾹꾹이 해 주었다.
골골송도 불러 주었다.
내 덕분에 깊은 잠을 잔 집사는
아침에 눈을 뜨면
몸이 가벼울 것이다.
역시 난 집사에게
없어서는 안 될 존재다.

핫팩

이게 뭐지?

집사가 주머니에서 무언가를 꺼냈다.
바스락 소리가 났다.
새로운 간식일지도 모른다.
가까이 다가가 냄새를 맡았다.

'엇!'

따듯해~

코에서 열이 감지됐다.
앞발로 건드려 보니 따뜻함이 전해졌다.
이건 분명 '태양 주머니'다.
이 '태양 주머니'로 체온을 올릴 수 있다고 생각하니
위기감이 느껴졌다.

'집사가 더 이상 날 안아 주지 않으면 어쩌지?'

그러나 나는
뛰는 집사 위에 나는 고양이다!

핫팩

매일 밤 그것을 친구들에게 나누어 주었다.
사용법도 자세히 알려 주었다.

"포장지를 뜯어서 배 밑에 두고 자면
겨울이 마치 봄쳐럼 따듯해지는
마법의 주머니야."

자~ 하나씩!

고마워~

우와~

친구들의 반응은
성능만큼이나 뜨거웠다.

잠든 집사의 품속은
오늘도 변함없이 내 차지가 되었다.

집사에겐
내가 있으니까~

안 자고 뭐하니?   44

새벽 배송

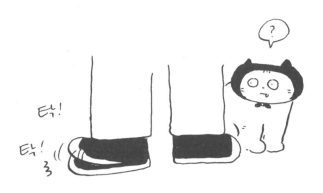

집사가 잠든 새벽,
누군가 종종 문 앞에 무언가를 두고 가곤 한다.
그건 대부분 집사의 식량이다. 그렇다.
식량을 두고 가는 사람은 사냥꾼 같은 존재다.
마치 식량을 대신 사냥해 인간이 먹을 수 있게
문 앞까지 가져다주는 것이랄까.

그 사냥꾼을 만나 보고 싶었다.
왜냐하면 사냥꾼은 종종 내 간식도 가져다주기 때문이다.
깊은 밤이 되자, 익숙한 소리가 귓가에 울렸다.
서둘러 밖으로 나가 건물 입구 쪽으로 향했다.
모자를 눌러 쓴 남자가 상자를 들고 입구 앞에 서 있었다.
난 빠르게 그의 발 옆에 붙어 섰다.

새벽 배송

그는 내가 엘리베이터에 같이 탄 지도 모르고 시계를 확인했다.
그의 땀 냄새와 심장 소리가 느껴졌다.
엘리베이터 문이 열리고 문 앞에 상자를 내려놓는 순간
그를 향해 아는 체를 했다.

"아, 깜짝아!"

그가 짧게 외쳤다. 그는 나를 보고 싱긋 웃더니
급히 엘리베이터를 타고 내려가 버렸다.
커여운 나를 보고 이런 심심한 반응이라니!
살짝 아쉬웠지만 사냥꾼의 바쁜 뒷모습을 보고 용서해 주기로 했다.
그의 심장 소리가 귓가에 울리는 것 같았다.
그 소리가 사라지지 않길 바랐다.

49

스마트폰

집사가 잠들면 스마트폰도 잠든다.
나는 스마트폰을 앞발로 툭툭 쳐 깨웠다.
그러자 화면에 못생긴 회색 고양이 한 마리가 나를 노려보았다.
그렇다. 집사가 종일 스마트폰을 보며
미소 짓던 이유가 여기 있었던 것이다.

'젠장.'
화면의 고양이에게 질투심이 폭발했다.

스마트폰

그에게 펀치를 날렸다.
"너 집사에게 너무 들이대지 마!"

그는 대답도 없이 화면에 불을 껐다.
내 말을 무시하다니 도저히 참을 수 없었다.
"당장 다시 불을 켜지 못해?"

흥분해서 그의 얼굴을 마구 밟았다.
그랬더니 다시 불을 켜고 미안하다는 듯 몸을 부르르 떨었다.
"이제야 말이 좀 통하는군."

요즘 집사가 잠든 밤마다 그에게 펀치를 날리고 있다.
그러면 그는 또 미안하다고 몸을 부르르 떤다.

스마트폰

물웅덩이

비오네...

비가 와서 밤 외출을 참았다.
빗물이 털에 묻어 체온이 떨어지면
생명이 위험할 수도 있으니까.

사실 그보다 다른 이유가 있다.
며칠 전 있었던 일 때문이다.
비가 그친 늦은 밤, 산책을 하고 있었다.
바람이 제법 시원했다.
콧속으로 들어오는 공기마저 기분이 좋았다.

그런데 그 순간 바닥에서
고양이 한 마리가 떠올랐다.
난 반사적으로 등을 세우며 '하악' 소리를 냈다.
녀석도 털을 세우며 날 노려보았다.
앞발로 녀석의 얼굴을 쳤다.
녀석의 얼굴이 일그러졌다가 다시 펴졌다.
몇 번이고 주먹을 날렸지만 소용이 없었다.
섬뜩한 건 녀석의 몸이 물처럼 축축했다는 것이다.

안 자고 뭐하니?

문득 두려운 마음에 도망치듯 집으로 돌아왔다.
이튿날 밤, 다시 그곳에 가 보았지만 녀석은 사라지고 없었다.
그날 이후, 비가 오는 날에는 되도록 외출을 하지 않는다.
지금도 그날을 생각하면 온몸이 떨린다.

물웅덩이

집사의 꿈속으로 풀짝!

편의점

냐옹

냐옹

밤이 되면 유독 눈에 띄는 곳이 있다.
인간들이 밤늦게까지 들락날락하는 곳,
안에는 식량 상자가 가득 쌓여 있는 곳이다.
그곳이 어떤 곳인지 좀 더 자세히 알아둘 필요가 있었다.

한 남자를 따라 몰래 안으로 들어갔다.
그리고 구석에 몸을 숨겼다.
"어서 오세요!"라고 인사하는 남자가 연신 하품을 해댔다.
아마도 이곳을 지키는 문지기인 것 같았다.

편의점

문지기는 나와 함께 들어온 사람이 나가자
의자에 앉아 눈을 감았다.
그리고 깊은 잠에 빠졌는지 침까지 흘렸다.
난 그에게 다가가 코를 씰룩거렸다.
그때, 누군가 들어오는 소리에 문지기가 벌떡 일어났다.
급히 몸을 숨겼지만 문지기의 눈에 띄고 말았다.

그곳을 나와 걸으며 문득 문지기를 떠올렸다.
모두 잠든 시간에 식량 창고를 지키는 사람,
비록 침을 흘리며 졸기도 하지만
그런 사람들이 모여 인간들의 세계가 견고해지는 걸까.
고양이 세계에도 저런 식량 창고가 있다면
내가 기꺼이 문지기를 하고 싶다.

편의점

심야 택시를 타고

나는 차 타는 걸 좋아하지 않는다.
집사가 날 가방에 넣고 차를 타면
병원에 도착할 확률이 높기 때문이다.
하지만 나 혼자 밤에 타는 차는 다르다.

문이 열려 있는 차 한 대가 보였다.
인간들이 돈을 주고 타는 택시였다.
몰래 뒷좌석에 올라탔다.
곧 문이 닫히고 운전석에 한 남자가 들어왔다.

"에이, 만취 손님은 질색이라니까."
그가 혼잣말을 했다.
그는 이내 노래를 흥얼거리기 시작했다.
다행히 내가 뒤에 있다는 것을 눈치채지 못한 듯했다.

심야 택시를 타고

난 몸을 일으켜 창문 밖을 바라보았다.
거리의 가로등이 밤하늘에 그림을 그리고 있었다.
그 순간 운전석 남자와 눈이 마주치고 말았다.

"너 언제부터 거기 있었어?"
남자는 택시를 멈춰 세우더니 나를 바라보았다.

'더 달리고 싶어요. 어서 출발해요.'
내 마음이 통했는지 그가 다시 택시를 출발시켰다.
나는 신이 나 그의 무릎 위로 올라가 골골송을 불렀다.
그도 싫지만은 않은 듯 콧노래를 흥얼거렸다.

잠시 후, 택시가 멈추고 문이 열렸다.
아까 택시를 탔던 그 자리였다.
택시에서 내려 뒤를 돌아보니 어느새 그는 사라지고 없었다.

심야 택시를 타고

실뭉치

실뭉치

밤 산책 중에 길에서 동그란 실뭉치를 발견했다.
이걸로 인간들이 털옷을 만들어 입는 것을 본 적이 있다.
털이 부족한 인간들에게는 소중한 도구인 셈이다.
실뭉치를 보니 내가 직접 집사의 목도리를 만들어 주고 싶었다.
잠시 눈을 감고 목도리 만드는 방법을 떠올렸다.

'그래, 뾰족한 걸로 엮어서 만들면 돼.
먼저 실뭉치를 발톱으로 잡고…….'

집에 돌아와 실뭉치와 대결을 시작했다.
실뭉치는 방 이곳저곳을 굴러다녔고
삐져나온 꼬리처럼 살랑거리며 춤췄다.
어쩌면 저건 실뭉치가 아니라 살아 있는 생명체라는 생각이 들었다.
난 녀석의 몸통을 물어뜯으려 몸싸움을 시작했다.

'헥헥!'
그런데 갑자기 몸이 움직이질 않았다.

"살려 줘, 집사야! 이놈이 날 휘감아 죽이려고 해!"
그날 밤, 나는 간신히 그놈에게서 탈출했다.

71

실뭉치

첫눈

밤사이 첫눈이 내렸다.
사람들은 알아차리지도 못할 만큼의 짧은 눈이었다.
가로등 아래에서 하늘을 올려다보니
하얀 눈꽃들이 춤을 추고 있었다.

문득 집사가 내 생일에 머리 위로 뿌리던
알록달록한 종이 눈이 떠올랐다.
귀찮아 짜증이 나기도 했지만 맛있는 간식을 주면서
'생일 축하해'라고 말해 기분이 풀렸던 기억이다.
나에게 종이 눈을 뿌리던 집사의 얼굴이 행복해 보였다.
나이도 먹을 만큼 먹은 집사가 철부지 아이처럼
낄낄대며 웃는 모습이 좀 귀여웠달까.

첫눈

냬름~

문득 좋은 기억은 어떤 맛이 날까 궁금해졌다.
내리는 눈을 맛보면 알 수 있지 않을까 싶어
살포시 혀를 내밀었다.

솜털 같은 눈이 내 혀에 안착하는 순간
차가워 몸이 부르르 떨렸다.
좋은 기억에는 차가운 맛이 나기도 한다.
그래서 집사는 겨울에도 차가운 커피를 마시는 걸까.

첫눈

네 컷 사진

동네에 새로운 가게가 생겼다.
늦은 밤까지 그 안에서 웃음소리가 들려왔다.
분명 재미난 곳이라는 확신이 들었다.
남녀를 따라 나도 가게 안으로 들어갔다.
술에 취한 남녀는 방 안의 화면을 보며 웃고 있었다.

'이렇게 귀여운 내가 옆에 있는데 관심도 없다니!'
자존심이 상했다.
'나 좀 봐. 깔끔하게 정리된 수염과 윤기 나는 털을!'
하지만 그들 눈엔 내가 보이지 않는 것 같았다.
문제는 저 눈부신 화면이었다.
집사도 대부분 저런 화면을 보며 시간을 보냈다.

네 컷 사진

도대체 저 화면에 뭐가 있길래
인간들을 웃게 만드는 걸까?
궁금함을 참을 수 없어
펄쩍 뛰어올랐다.

밝은 빛 때문에 동공이 수축하는 게 느껴졌다.
화면이 가까워 앞이 잘 보이지 않았다.
남녀를 따라 나도 화면을 향해 펄쩍펄쩍 뛰었다.
남녀의 얼굴에 행복한 미소가 가득했다.

가게를 빠져나와 생각했다.
저게 뭐길래 인간들은 저걸 보고 웃는 걸까.
그 이유를 안다면 나도 저렇게
빛나는 고양이가 되고 말 텐데…….

화장실

깊은 밤, 집사가 침대에서
스르륵 일어나더니 화장실로 향했다.
'쯧쯧, 그렇게 자기 전에는 수분 섭취를
하지 말았어야지. 맥주(집사가 좋아하는 노란색 물)를
그렇게 마셔 대더니…….'

몸을 일으켜 집사 뒤를 쫓았다.
집사의 걸음걸이가 휘청였다. 불안했다.
인간은 어둠에 시야가 약하고
집사는 지금 술에 취한 상태이기 때문이다.
집사가 무사히 화장실에 들어가고
나는 그 앞에 자리를 잡았다.
귀를 세우고 화장실 안에서 나는 소리에 집중했다.
모든 동물은 볼일을 볼 때, 천적의 공격에 취약하다.

잠시 후, 화장실 문이 열렸다.
긴장했던 마음이 풀어져 집사의 다리에 꼬리를 휘감았다.
집사는 다시 비틀비틀 걸어 침대에 툭 쓰러지듯 누웠다.

화장실

다시 잠든 집사의 얼굴이
달빛에 비쳐 반짝였다.
'집사는 알까? 내가 이렇게
늘 지켜 주고 있다는 것을.'

화장실

가로등

밤이 되면 공원은 가로등으로 반짝인다.
기린처럼 키가 큰 것도 있고 잘린 나무 기둥처럼 작은 것도 있다.
처음에는 좀 무섭게 느껴졌지만 그들이 어둠 속에서
빛을 내고 있다는 걸 깨달은 후로 두려움은 사라졌다.
나는 종종 그곳에 올라가 쉬는 걸 좋아한다.
간단히 점프해 올라가기 쉽고 따듯하기 때문이다.
어느 날, 내가 자주 올라가 쉬던 가로등에서 빛이 나오지 않았다.
'어디가 아픈 걸까.'
걱정되는 마음에 밤마다 찾아가 체온을 나눠 주고
골골송도 불러 주었다.

가로등

그때, 한 연인이 가까이 다가왔다.
그들의 심박수가 귓가에 울렸다.
평소 인간들의 심박수보다 빨랐다.
나는 숨을 죽이고 가만히 기다렸다.
그 순간 나와 눈이 마주친 여자가 소리쳤다.

"꺅!"

그들은 서둘러 그곳을 벗어났다.

이런! 잊고 있었다.
내 눈은 어두운 곳에서 빛을 낸다는 걸…….
며칠 후, 가 보니 가로등이 다시 빛을 내고 있었다.

"내가 체온을 나눠 주고, 골골송을 불러 줘서 나은 거지?"

가로등은 아무 말이 없었지만 나는 느낄 수 있었다.
그가 내게 고마워하고 있다는 걸.

가로등

심야 식당

오늘은 심야 반상회가 있는 날이다.
오랜만에 동네 길냥이들까지 모두 모였다.
오늘 회의 주제는 겨울철 따뜻한 장소 찾기다.
고양이들은 털이 있어 추위에 강하다고 생각할지 모르지만
추운 걸 제일 싫어한다. 면역력도 떨어지고
잠도 깊게 자지 못해 길냥이들에게 겨울은 특히 위험한 시기다.
삼색 고양이 밀크가 좋은 곳을 알고 있다고 했다.
따뜻한 불이 밤새 켜져 있는 곳이라며 우리를 안내했다.

"인기척이라도 해야 하는 거 아냐?" 내가 말했다.
"어이, 그건 우리와 어울리지 않아."
밀크는 당당히 문을 밀어 안으로 들어갔다.
안은 밀크의 말처럼 따뜻했다.
중앙에 커다란 난로가 켜져 있었기 때문이다.

"이 앞에 있으면 따뜻해서 저절로 눈이 감긴다니까."
옹기종기 모여 몸을 녹이는데 누군가 다가왔다.
"여기 사는 사람이야." 밀크가 당당히 말했다.
다들 긴장하고 있는데 잠시 뒤, 그가 먹을거리를 가져다주었다.
따뜻했다. 이곳이 따뜻한 건 난로 때문만이 아니었다.

심야 식당

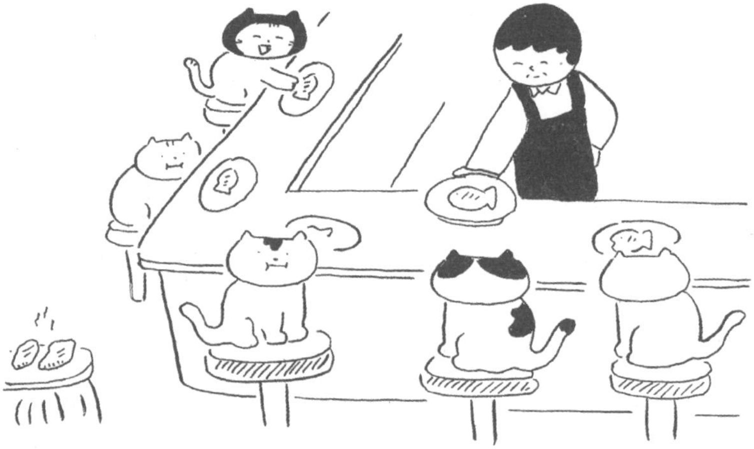

오늘 심야 식당은 만석!

벌레

늦은 밤, 외출하고 돌아와
털 정리를 하고 있는데 귓가에
낯선 움직임이 느껴졌다.
'뭐지? 감히 내 집에 누가 들어온 거야?'
발톱을 세우고 다가가 보니
작은 벌레가 꿈틀대고 있었다.
"어이, 내 구역에 함부로 들어오다니 간도 크구나?"
"전 간이 없는데요?"
"이 자식, 입만 살았구나. 죽여 주마!"

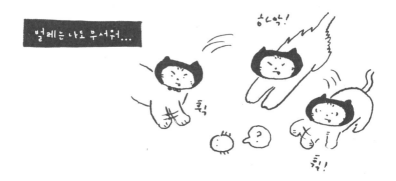

앞발로 녀석을 밟으려는 순간, 갑자기 몸이 움직이질 않았다.
희미하게 근육이 떨리는 느낌!
'뭐지? 이 공포감은? 생쥐도 단숨에 제압하는 내가
설마 저 작은 벌레 하나에 공포를 느끼는 거야?'
벌레는 어느새 옷장 밑으로 숨어 버렸다.
하지만 귓가에 벌레의 움직임은 계속 감지됐다.
'아, 이대로는 편히 쉬지도 못하겠군. 자존심도 상하고.'

어쩔 수 없이 자는 집사의 얼굴을 툭툭 쳤다.
"집사야 일어나 봐! 벌레가 나타났어! 어서 좀 잡아 봐."

벌레는 나도 무서워...

벌레

술 취한 사람

안 자고 묘하니?   94

늦은 밤, 길을 가다가
전봇대 밑에서 자고 있는 옆집 남자를 발견했다.
멀리서도 술 냄새가 코를 찔렀다.
가까이 다가가기 싫었지만
지난번 츄르를 얻어먹은 기억이 떠올랐다.
조심스레 다가가 앞발로 톡톡 건드려 보았다.

술 취한 사람

"여진아, 잘 지내니······
난 잘 못 지내······."

'아, 술 냄새!'
점프해서 남자의 어깨에 올라가
머리를 앞발로 내려쳤다.

'퍽! 퍽! 퍽!'
"여진이니?"
'퍽! 퍽! 퍽!'

눈을 뜬 남자가 주변을 두리번거렸다.
그리고 몸을 일으켜 걷기 시작했다.
그의 몸이 나뭇가지처럼 휘청거렸다.

어쩔 수 없이
그를 집까지 바래다주었다.
그는 집 앞에서 나에게
고개 숙여 인사했다.
나는 인사 대신 그의 다리에
턱을 비벼 냄새를 묻혔다.
그가 집까지 잘 들어가는지
코로 확인할 생각이었다.

'킁킁킁, 집에 잘 들어갔군.'

안 자고 뭐하니!   96

인간들은 종종
이해되지 않는 행동을 할 때가 있다.
추운 날, 술에 취해 거리를 헤매는 일 같은 것 말이다.
간단한 일을 복잡하게 생각하는 것만큼
어리석은 일은 없다.

버려진 우산

늦은 밤 어둑어둑한
버스 정류장에서 버려진 우산을 발견했다.
비가 오는 날이면 사람들은 이걸 머리 위로 들고 간다.
그때, 갑자기 비가 쏟아지기 시작했다.
그런데 맞은편에 아기 고양이 한 마리가 울고 있었다.
우산을 물고 가 그 옆에 앉았다.

"아저띠, 이게 뭐예요?"
아기 고양이가 말했다.

"난 아저띠가 아니야. 내 이름은 몽이야.
그리고 이건 우산이라는 거야.
인간들이 비를 피할 때 쓰는 도구지."

버려진 우산

"나는 비가 싫어요. 비 오는 날 내 동생이 죽었거든요."
"엄마는 어디 있니?"
"엄마는 며칠째 오지 않아요. 여기서 매일 엄마를 기다려요."
아기 고양이가 훌쩍이며 말했다.

"엄마는 다시 안 올지도 몰라."
나도 모르게 마음에도 없는 소리가 튀어나왔다.

"으앙!"
아기 고양이가 서럽게 울기 시작했다.

"울지 마. 대신 이 우산을 너에게 줄게. 선물이야."

오다 주웠어

빗소리가 좋네요

그날 밤, 녀석과 밤새 이야기를 나누며 체온을 나누었다.
우산 위로 떨어지는 빗소리가 우리의 마음을 쓰다듬었다.

버려진 우산

수족관

그를 만난 건 어둠이 내려앉은 길가에서다.
물이 가득 찬 유리 상자 속에서
커다란 집게를 가진 녀석이 나를 바라보고 있었다.
"네 이름이 킹크랩이니?"
왠지 녀석의 눈이 슬퍼 보였다.
나는 나뭇가지를 이용해 그를 꺼내 주었다.
"어때 좋지?"
녀석은 대답 없이 커다란 집게로
나를 들고 무작정 걷기 시작했다.

녀석은 한동안 말없이 걷기만 했다.
그에게서 불안한 파동이 느껴졌다.
녀석은 돌고 돌아 다시 원래 자리로 돌아왔다.
그리고 나를 내려놓고는 물이 담긴 유리 상자 안으로
스스로 들어갔다. 녀석은 나오지 못하는 게 아니었다.
다만, 갈 곳이 없었을 뿐……
가끔씩 어둠 속에 홀로 있던 녀석을 떠올린다.
녀석이 정말 가고 싶었던 곳은 어디였을까?

수족관

버려지는 존재들

헌 옷 함

툭!

밤이면 밤마다 같은 장소에 앉아
겨울잠을 자고 있는 녀석이 있다.
'아, 스트레스다. 오늘은 기필코 내 구역에서 쫓아내고 말겠다!'
앞발을 세워 녀석에게 달려들었다.
'퍽! 퍽! 퍽!'
하지만 녀석은 아무런 반응이 없다.
'나에게 굴복하는 건가? 하하. 난 역시 강해.
용서해 주지. 내일은 꼭 다른 구역으로 가라.'

그날 밤, 녀석의 다리에 앉아 시간을 보냈다.
녀석의 털이 따뜻했기 때문이다.
앞발로 녀석의 발에 꾹꾹이를 하고 턱을 비볐다.
그리고 눈을 감았다.

버려지는 존재들

꿈을 꾸었다.
나는 엄마 젖을 찾고 있었다.
앞발로 엄마 배를 열심히 눌렀지만 젖은 나오지 않았다.
힘겹게 눈을 떠 보니 다른 고양이가 열심히 젖을 빨고 있었다.
비릿한 젖 냄새가 코를 찔렀다.
'엄마 나도 줘. 제발!'
하지만 엄마는 자리에서 일어나 점점 멀어져 갔다.
'엄마, 가지 마! 제발 가지 마!'

이튿날, 다시 찾아간 그곳에 녀석은 보이지 않았다.
차가운 바람이 슬픔을 안고 콧등을 스쳤다.
녀석이 앉아 있던 자리가 차가워 발이 시렸다.

버려지는 존재들

이상한 상자

"살려 줘!"

아무도 없는 어두운 밤,
순간 온몸의 세포들이 삐죽 솟는 느낌이 났다.
이건 분명 고양이 소리다.
하지만 발길이 차마 떨어지지 않았다.
서둘러 앞발을 머리 앞으로 뻗어 근육을 이완시켰다.
나무 기둥에 발톱을 긁으며 호흡을 가다듬고
소리가 나는 쪽으로 천천히 다가갔다.
가로등 밑은 쓰레기 더미만 가득했다.
'킁킁' 냄새가 나는 곳으로 코를 들이밀었다.
자세히 보니 고양이 한 마리가
작은 상자에 껴서 빠져나오지 못하고 있었다.

"거긴 왜 들어간 거야?"
"나도 모르겠어. 정신을 차려 보니 이 상자 안이야."
"상자가 너를 그곳으로 빨아들였다는 말이야?"
"그럴지도 모르지. 이봐, 어서 날 좀 꺼내 줘.
여기 계속 갇혀 있었더니 배가 너무 고프다고."

한심하다는 생각이 들었다.
이 좁은 곳에 들어가면 몸이 끼어
위험할 수 있다는 생각을 왜 못 한 걸까?
서둘러 녀석을 상자 밖으로 꺼내 주었다.

이튿날 밤, 같은 장소를 지나는데
어제 그 상자가 눈에 들어왔다.
호기심에 안을 들여다보았다.
텅 빈 어둠, 그곳에서 소리가 들려왔다.
"이곳으로 어서 들어와."
정신을 차려 보니 내 몸이 상자에 끼어 있었다.
아무리 버둥대도 꿈쩍할 수가 없었다.
'어제 그 녀석 말처럼 상자가 나를 빨아들인 걸까?'
난 상자 밖을 향해 외쳤다.

"거기 누구 없어요? 살려 주세요!"

이상한 상자

집사 꿈속 탐험

집사가 깊이 잠들었다.

집사는 깨어 있을 때보다 잠든 얼굴이 낫다.

오늘은 잠든 표정이 평소보다 밝고 침도 질질 흘리고 있다.

어떤 꿈을 꾸고 있는 걸까? 궁금하다.

난 그의 꿈속으로 점프했다.

집사 꿈속 탐험

주변이 온통 바다로 둘러싸인 섬이다.

걷다 보니 깃털 같은 잎을 가진 나무가 눈에 들어왔다.

그곳으로 올라가 집사를 찾았다.

저기 있다! 집사는 수영복을 입고 의자에 누워 있었다.

얼굴은 고양인데 몸은 인간인 이들이 그의 시중을 들며

부채질을 해주고 시원한 주스를 건넸다.

'웃기는군. 이런 꿈을 꾸며 행복해하고 있었다니.'

집사에게 다가가 귀에 대고 조용히 말했다.
"집사야. 내가 왔다. 그 자리를 내게 내놔!"
집사가 당황하며 나를 바라보았다.
'어떻게 내 꿈에 네가?'라는 표정이었다.
바보. 집사와 나는 보이지 않는 끈으로 연결돼 있다.
그 끈은 절대 끊어지지 않는다.
그러니 우린 꿈에서도 현실에서도 함께일 수밖에 없다.

집사 꿈속 탐험

소원

안 자고 뮤하니?

문질

문질.

가로등 불빛에 못 보던 주전자가 반짝였다.
새로운 것에는 영역 표시를 하는 게
고양이 세계의 룰이다.
주전자에 턱을 열심히 비비니
갑자기 하얀 연기가 피어올랐다.

"날 깨운 게 누구냐? 고양이 너냐?"
깜짝 놀라 등을 세우고 털을 부풀렸다.
"놀라지 마. 난 주전자 속에 사는 도깨비야.
널 해칠 생각은 없어."

도깨비? 말로만 듣던 도깨비를
버려진 주전자에서 만나다니
역시 냥생은 알 수 없는 것이다.
그는 내 덕분에 10년 만에
바깥세상에 나온 거라고 했다.

"날 꺼내 줬으니 소원을 하나 들어주지."

소원

누가 날 깨웠느냐~
소원을 한 개 들어주지~

'소원? 내게 소원이 있었나?'
갑자기 머릿속이 캄캄해졌다.

나는 매일 밤, 혼자 나와 산책을 하고
간식을 먹고 가끔 집사와 놀아 주고
낮에는 주로 깊은 잠을 자며 시간을 보낸다.
그 외엔 특별히 바라는 게 없다.

그런데 문득 한 가지 생각이 떠올랐다.
"난 집사가 늘 행복했으면 좋겠어."
"그게 소원이야?" 도깨비가 물었다.
나는 조금의 망설임도 없이 고개를 끄덕였다.

집사는 늘 걱정이 많았다.
때론 혼자 깊고 어두운 구멍 속에
빠져 있는 것처럼 보였다.
그런 집사를 보면 내 마음도
구멍 속으로 들어가는 것 같았다.
그날 이후, 도깨비 주전자는
보이지 않았다. 내 소원은 이루어질까?
알 수 없지만 나는 오늘도 변함없이
집사가 행복하길 바란다.

오늘 고양이 심야 식당은 만석!

요가

이 시간에 불이 켜진 집이 있다.
'이 밤에 대체 뭘 하는 걸까?
궁금한 건 못 참지!'
창틀로 펄쩍 뛰어올라 창문 앞에 앉았다.
한 여자가 바닥에서
이상한 자세를 취하고 있었다.
'뭐지?' 자세가 웃기다.
'잠깐만, 저건 고양이 자세잖아?
어디서 많이 본 것도 같은데…….'

맞다. 집사도 가끔 바닥에
매트를 깔고 저런 행동을 하곤 했다.
과거 이집트 사람들은
고양이 얼굴까지 따라 했다고 하는데
인간들은 왜 고양이를 따라 하는 걸까.
혹시 고양이가 되고 싶은 걸까?
문득 여자의 얼굴이
고양이로 바뀌는 상상을 해 보았다.
그러자 털이 서고 하악질이 나왔다.
인간들아 제발 그 모습으로 있어 주라.

요가

심야 버스

치익 —

«   »

늦은 밤,
사람들이 길가에 줄을 서 있다.
잠시 후,
버스가 도착하더니 문이 열렸다.

인간들이 타고 다니는 버스,
저걸 볼 때마다 코끼리가 떠올랐다.
가만 보면 앞에 눈처럼 생긴 것도 있고
큰 귀도 달려 있기 때문이다.
코끼리 버스를 타고 바라보는
도시의 밤은 어떨까?

슬쩍 사람들 사이에 줄을 섰다.
다행히 스마트폰에 정신이 팔려
아무도 나를 신경 쓰지 않았다.
드디어 내 차례다.
입구의 높이가 생각보다 높았지만
'훗!' 이 정도는 내게 껌이다.

심야 버스

출발합니다!

창밖을 보고 싶어 빈 의자로 달려갔다.
드디어 코끼리 버스를 타고 도시의 밤을 달린다니
생각만 해도 가슴이 떨렸다.
'근데 왜 출발하지 않는 거지?'
그 순간 운전기사가 나를 향해 걸어오는 게 보였다.
표정이 돌처럼 딱딱했다.
사람들의 시선이 한순간 나에게 집중됐다.
'안 돼! 이렇게 주목받는 건 질색이라고.'

결국 난 다시 길거리에 놓이고 말았다.
떠나가는 버스를 바라보며
다음에는 기사에게 죽은 쥐라도
물어다 줘야겠다고 생각했다.

안 자고 묘하니!

심야 버스

집사 옷

늦은 밤, 현관문 비밀번호 소리에 고개를 들었다.
집사가 비틀대며 운동화를 벗고 있었다.
술 냄새가 코를 찔렀다. 밤늦게 들어온 이유가
술 때문이라니 이해할 수 없었다.
집사는 입고 있던 옷을 바닥에 벗어던졌다.
그리고 그대로 침대로 풀썩!

"어이, 오늘은 씻지 않는 거야?
다 좋은데 그놈의 술 냄새 좀 없애고 와."

집사는 아무 대꾸도 없이 그대로 잠이 들었다.

대체 뭘 하고 다닌 건지 궁금해
집사가 벗어 놓은 옷 냄새를 맡아 보았다.
다양한 냄새다.
마치 냉장고를 열었을 때처럼······.
갑자기 신경질이 났다.
낯선 냄새가 내 구역에서 난다는 게
너무 싫었다. 집사 옷에 턱을 비볐다.
데굴데굴 구르며 온몸을 비비고 또 비볐다.
푹신하니 꾹꾹이도 했다.
집사에게는 내 냄새만 나야 한다.
집사는 내 거니까.

새 청소기

홀로 밤 산책을 마치고
집에 돌아와 늦은 저녁을 먹었다.
바삭한 사료에 기분이 좋아졌다.
그때, 낯선 무언가가 눈에 밟혔다.
며칠 전, 집사가 새로 산 청소기였다.
시끄럽고 귀찮던 게 사라져서 좋았는데
기어코 새 청소기를 산 것이다.
청소기는 바닥에 있는 먼지를 잡아먹는데
특히 마음에 들지 않는 건 소리다.
먹을 때 꼭 그렇게 큰 소리를 낼 필요가 있을까?
한마디로 교양이 없다. 곤히 잠든 청소기를
한 대 쥐어박고 싶은 마음이 불쑥 올라왔다.
하지만 무턱대고 쉽게 행동할 수는 없다.
일단은 며칠 더 두고 보기로 했다.
어차피 집사가 없으면 잠만 자는 녀석이니까.
거리를 유지하며 청소기에게
똑똑히 말해 주었다.

"이 집의 서열 1위는 나야!
똑똑히 알아 둬."

거리 유지 중

새 청소기

심야 타로 카페

밤이면 종종 타로 카페를 찾는다.
사장이 나만 보면 눈이 하트가 되어
간식 공세를 펼치기 때문이다.
사장이 가게를 비울 때면
나는 사장 의자에 앉아 쉬곤 한다.

연애 운을 좀
보려고요.

어느 날 밤,
한 여자 손님이 들어와 맞은편 의자에 앉았다.
그녀에게서 불안의 파동이 감지됐다.
그럴 땐 나의 골골송이 도움이 되지만
난 낯선 사람에게는 골골송을 부르지 않는다.
혹시 츄르가 있다면 좀 고민해 보겠지만…….
여자가 핸드폰 속 남자 사진을 빤히 바라보고 있다.
'혹시 연애 운을 보러 온 걸까? 훗, 인간들이란.'

심야 타로 카페

테이블 위에 놓인 카드를 섞어
그녀 앞에 펼쳐 놓았다.
사장처럼 능숙하게 되지는 않았지만
나름 잘하고 있다고 생각했다.
그 순간 그녀가 카드를 향해 손을 뻗었다.

"하악!"

나도 모르게 발톱을 세우고 말았다.
여자가 깜짝 놀라 뒤로 물러섰다.

타로 카페에서 나와 길을 걸으며 생각했다.
인간들은 왜 이렇게 불안해할까?
인간을 불안하게 하는 건
내일을 상상하기 때문일까?
아니면 내일을 몰라서일까?

심야 타로 카페

급식기

출출한 밤이다.

"사료 내놔!"

역시나 대답이 없다.
몇 달 전, 집사가 데려온 이 녀석은
내게 사료 주는 일을 맡고 있다.
난 이 녀석이 마음에 들지 않는다.
소통이 전혀 되지 않기 때문이다.
몇 번이고 말을 걸어도 대답이 없다.
그전에는 집사가 알아서 미리 사료를 주었다.
운 좋으면 간식도 먹을 수 있었다.
생각해 보면 그때가 좋은 시절이었다.

급식기

자존심을 버리고 녀석에게 다가가
턱을 비비고 골골송을 불러 보았다.
여전히 반응이 없다. 굴욕이다.
'이런 감정 없는 차가운 기계 같으니라고!'
돌아서서 침대 쪽으로 향하는 순간
소리가 울렸다.

'띠로리!'

사료가 쏟아졌다.
허겁지겁 먹고 나니 민망하고 짜증이 났다.
먹고사는 일은 늘 쉽지 않다.

급식기

심야 똥 싸기

모두 잠든 밤 응가 신호가 왔다.
하지만 혼자 화장실을 가는 건 좀 위험하다.
화장실에 있을 땐 무방비 상태가 되기 때문이다.
그래서 난 주로 집사가 깨어 있을 때 화장실에 간다.
하지만 지금 집사는 깊은 단잠에 빠져 있다.
어쩔 수 없이 집사를 깨우기로 마음먹었다.
그러나 꾹꾹이를 하고 발톱으로 긁어도
집사는 아무런 반응이 없다.
급기야 귀찮다는 듯 이불을 뒤집어써 버리는 게 아닌가.

심야 똥 싸기

팟!

열섬 열섬

팟!

배신자! 이럴 때는 이놈의 집사를 콱! 물어 버리고 싶다.
도저히 참을 수 없어 결국 혼자 화장실로 달려가 볼일을 봤다.
눈을 감고 집사가 날 지켜 준다고 상상했다.
서둘러 응가를 모래에 감춘 뒤, 후다닥 달리기 시작했다.
나는 잠든 집사를 일부러 밟고 지나갔다.
낮에 집사가 응가할 때, 나도 지켜 주지 않을 것이다.

안 자고 뭐하니!

우다다

벗어나야 해!

우다다

심야동 쓰기

나의 야식 생활

'분명 집사가 여기에 간식을 감추는 걸 봤는데…….'
다행히 높지 않은 서랍에서 간식을 발견했다.
해적들이 보물을 발견했을 때의 기분이 이런 걸까?
조심조심 소리 나지 않게 연어맛 트릿 한 봉지를 물었다.
종종 이렇게 야식을 먹는다. 자주는 아니다.
나도 양심은 있기 때문이다.

나의 야식 생활

집사가 이 간식들을 사려고
시간을 팔아 돈을 벌고 있다는 것쯤은 알고 있다.
간식을 씹을 때마다 일하는 집사의 뒷모습이 떠오른다.
가끔 집사의 부실한 식탁을 보면
내가 직접 요리를 해서 먹이고 싶은 생각마저 든다.
집사가 자신보다 내 식량에 더 신경을 쓰고 있는 느낌이다.
집사가 건강해야 나도 오래오래 간식을 먹을 수 있을 텐데……
걱정과 미안함이 공존하는 밤이다.
그래도 늘 몰래 먹는 간식 맛은 좋다.

오구

오구

크

나의 야식 생활

숨바꼭질

인간들이 모두 잠든 밤이면
우리도 가끔 인간들처럼 숨바꼭질을 한다.

"자, 찾는다!"

어디 숨었을까.
일단 눈을 감고 코를 썰룩거렸다.
친구 냄새가 그리 멀지 않은 곳에서 났다.

숨바꼭질

"찾았다!"
나무 기둥에 숨은 친구를 금세 찾아냈다.
"아, 시시해. 인간들은 이게 뭐가 재밌다는 거지."

그렇다.
후각과 청각이 발달한 우리 고양이들에게
숨바꼭질은 시시한 놀이일 뿐이다.

그나저나 친구가 숨었던 나무 기둥 속이
제법 마음에 들었다.
안으로 들어가니 따뜻하고 아늑했다.
눈만 뜨지 않으면 캄캄한 밤에는
아무도 우리를 찾지 못할 것 같았다.
오랜만에 느껴 보는 포근한 엄마 품 같았다.

153

달구경

우리는 잔디에 누워 밤하늘을 올려다보고 있었다.
"왜 하늘에 노란 물고기가 떠 있지?" 친구가 물었다.
"음, 저건 초승달이라는 거야. 달은 모양이 여러 가진데……."
내 말에 친구가 피식 웃었다.
"그런 건 모르겠고, 저 빛나는 물고기 맛은 어떨까?"
친구의 말을 듣고 보니 초승달이
점점 물고기 모양으로 변하는 것 같았다.
아름다운 빛을 내는 물고기가 밤하늘을 헤엄쳤다.
"분명 최고의 맛이 날 거야."
우리는 마주 보고 웃었다.

그날 이후로 달을 올려다보는 게 더 좋아졌다.
초승달을 보면 물고기가 떠오르고
보름달을 보면 집사의 얼굴이 떠올랐다.
달은 내가 좋아하는 것들을 생각나게 한다.

달구경

너구리 댄스

둥첫 둥첫

내 구역에 밤새 음악 소리로 시끄러운 건물이 있다.
그곳에 자주 가지는 않는다.
술 냄새와 인간들의 땀 냄새가 진동하기 때문이다.
오랜만에 그곳을 지나는데 수상한 녀석이 보였다.
'킁킁! 고양이는 아닌 것 같고 감히 내 구역을 침범해?'
다가가 한 방 날려 줘야겠다고 생각하는데
녀석이 몸을 움직이기 시작했다.
집사가 하는 체조 같기도 한 동작.
'뭐 하는 녀석이지?'

너구리 댄스

"야!"
내가 먼저 기선 제압을 하며 털을 세웠다.
하지만 녀석은 대수롭지 않다는 듯 말했다.
"이건 춤이라는 거야. 난 댄서가 꿈이거든."
녀석은 너구리라고 했다.
근처 산에 살고 있는데 종종 도시로 내려와 춤을 춘다나 뭐라나.
"음악이 없으면 춤출 맛이 나지 않거든." 너구리가 말했다.
"너 여기가 얼마나 위험한 곳인지 알기나 해?"
하지만 너구리는 아랑곳하지 않았다.
"난 춤을 추면 행복해져."

나는 녀석이 점점 궁금해졌다.
설마 집사도 행복해지려고 아침에 몸을 그렇게 흔드는 건가 싶었다.
궁금해져서 녀석에게 춤을 가르쳐 달라고 했다.
너구리를 따라 열심히 엉덩이를 흔들었지만
그리 좋은 기분은 들지 않았다.

크흠...

그 후,
너구리가 춤추는 모습을 종종 보러 갔다.
같이 춤을 추진 않았지만
너구리가 행복해하는 모습이 보기 좋았다.

꿈은 그런 걸까?
반짝반짝 빛나는 별 같은 것.
너구리의 별 덕분에
내 마음의 밤하늘도 반짝거렸다.

너구리 댄스

야간 사냥

야간 사냥

밤이 되면 유난히 출출하다.
그때, 며칠 전 집사가 사 온 사냥감이 보였다.
'이거라도 먹어 볼까?'

엉덩이를 흔들다가 사냥감에 앞발톱을 찔러 넣었다.
그리고 입으로 가져가 송곳니로 몸통을 관통시켰다.
사냥은 성공적이었다.
하지만 아무 맛도 느껴지지 않았다.
'에이, 퉤퉤! 입맛만 버렸네.'

잠들어 있는 집사를 바라보았다.
사냥감을 물고 집사의 침대로 갔다.
그리고 집사 옆에 사냥감을 내려놓으며 말했다.
"사냥했는데 아무 맛이 안 나. 왜 그래?"
집사는 아무 말이 없었다.
"이것도! 이것도! 이것도! 아무 맛이 안 난다고!"
난 방에 있는 사냥감들을 죄다 모아 집사 옆에 가져다 놓았다.

"이거 다 가져. 그리고 츄르랑 바꿔!"

야간 사냥

유령보다 무서운 것

나는 유령을 본 적 있다.
나에게 유령은 무서운 존재가 아니다.
내가 땅콩같이 작고 귀여웠을 때,
유령과 종종 시간을 보냈다.
어릴 때는 몸이 허해서 자주 유령이 보였다.
나는 유령이 마음에 들었다.
희고 부드러운 천을 뒤집어쓰고 있었기 때문이다.
그 천에서는 희미하게 나무 타는 냄새가 났다.

유령보다 무서운 것

유령은 가만히 자신의 옷에
꾹꾹이를 하는 나를 바라보고 있었다.
그가 유령이기 이전에
고양이 집사였을지도 모른다고 상상하며
조심스레 말을 건네 보았다.
하지만 목소리를 들을 순 없었다.

내가 두려워하는 건 유령이 아닌
내 영역을 침범하는 이들이다.
하지만 나는 평화를 좋아한다.
그래서 최대한 적정 거리를 유지하며
하악질로 경고한다.
'나에게 가까이 오지 마.'
평화를 위한 하악질이다.
인간들도 누군가와 거리를 두고 싶다면
나를 따라 해 보는 건 어떨까.

"하악!!!"

농구 도전하기

인간들이 모두 떠난 밤,
공원을 거닐다 커다란 농구공을 발견했다.
'이 공을 저 그물 안에 넣으면 다들 신나서
소리를 지르던데…… 나도 한번 해 볼까?'
그물을 향해 힘껏 공을 던져 보았다.

농구 도전하기

하지만 그물이 높아 쉽게 닿지 않았다.
인간들이 무릎을 살짝 굽혔다 점프하는 모습이 떠올랐다.
'앞발이 아니라 뒷발 근육을 써야 하는 거야.'
점프할 때처럼 뒷다리를 일시적으로 굽혔다.
그리고 개구리처럼 뒷다리를 뻗었다.
하지만 이번에도 실패다.

"깍깍! 깍깍!"
아까부터 날 내려다보며 비웃는 녀석이 있다.
까마귀다.
"인간들 흉내나 내고 있다니 한심하다. 깍깍!"
까마귀의 말에 맘이 상했지만 침착하게 대꾸했다.
"흉내가 아니라 도전이야."
"도전? 너는 도망이 더 어울려. 깍깍!"

순간 화를 참지 못하고 녀석에게 돌진했다.
날카로운 발톱을 나무 기둥에 꽂는 순간,
녀석이 하늘로 날아올랐다.
도망가는 까마귀를 향해 외쳤다.
"비겁한 건 너야!"
자신은 아무것도 하지 않으면서
누군가의 도전을 비웃는 건 비겁하다.
난 언제나 포기보다 도전을 사랑하는 고양이다.

홍구 도전하기

산타 만나기

우리 고양이들도 잘 알고 있다.
크리스마스에는 '산타'라는 존재가
잠든 밤, 몰래 선물을 주고 간다는 걸······.
하지만 난 지금까지 한 번도 산타를 본 적이 없다.
왜일까. 아마도 우리 집에는
어린 집사가 없기 때문일 것이다.

산타를 만나고 싶었다.
그를 만나 나도 츄르 같은 간식 선물을 원 없이 받아보고 싶다.
그래서 올 크리스마스에는 옆집에 잠입해 있기로 했다.
옆집에는 어린 집사가 둘이나 있기 때문이다.
옆집 고양이를 따라 들어가 몰래 숨어 산타를 기다렸다.
드디어 문이 열리고 누군가 들어왔다.
빨간 옷을 입고 얼굴에 털이 가득한······ 산타였다!

산타 만나기

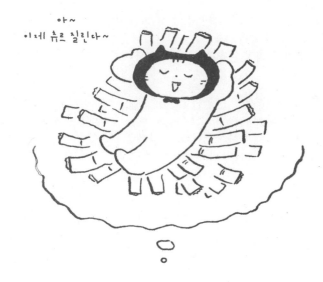

'킁킁.'
그런데 잠깐! 그에게 익숙한 냄새가 났다.
"이거 너희 집사 냄새 아냐?"
옆집 고양이가 코를 몇 번 썰룩거리더니
산타에게 다가가 골골거리기 시작했다.
그날 옆집 산타에게 크리스마스 츄르를 받았다.
그토록 만나고 싶었던 산타가 옆집에 살고 있었다니……

산타 만나기

비 오는 날 집 밖은 위험해!

집사의 외박

안 자고 뭐하니?　　　178

새벽 1시가 훌쩍 넘은 시간,
집사가 아직 집에 오지 않았다.
낮에 외출하면서
물그릇을 한 개 더 놓고
평소보다 간식을 많이 주고
나가던 모습이 떠올랐다.
'오늘 외박인가?'

집사가 집에 없으면 입맛도 없고
우울하고 스트레스가 쌓인다는 건……
인간들 생각이고, 나는 오히려
혼자 있는 시간을 즐기는 편이다.
하지만 오늘은 오랜만에
길냥이 친구들에게 연락을 했다.

"오늘 우리 집 빈다."
"오키, 바로 갈게!"
"간만에 간식이랑 사료도 왕창 먹어야겠다."

집사의 외박

친구들과 사냥 게임도 하고, 간식도 나눠 먹고 있는데
갑자기 현관문 비밀번호 누르는 소리가 났다.
순간 친구들이 긴장한 눈빛을 주고받았다.

"걱정 마, 이럴 때일수록 침착해야 해.
다들 그 꼬리 좀 그만 흔들어!"
나는 친구들을 진정시켰다.

잠시 후, 집사가 비틀거리며 들어왔다.
술 냄새가 코를 찔렀다.
"집사가 취했으니 곧 잠이 들 거야."
나는 침대 밑에 웅크린 친구들을 향해 작은 소리로 말했다.

다행히 집사는 그대로 침대에 뻗었다.
친구들은 남은 간식을 나누어 먹고 각자의 집으로 돌아갔다.
코를 골며 잠든 집사를 보며 중얼거렸다.

"집사야, 가끔 나를 위해 외박도 좀 해 줘."

집사의 외박

면접 보기

인간들은 모르는 고양이 회사가 있다.
회사는 밤에만 문을 연다.
그곳에서 고양이들은 앞으로 이 지구에서 살아갈
다양한 방법을 연구하고 실행한다.
나도 그 회사에 면접을 본 적이 있다.

내가 의자에 앉자 두 명의 면접관이 질문을 퍼부었다.
"지원 동기는 무엇인가요?"
"고양이로 삼행시를 지어 보세요."
"같이 사는 집사와 문제는 없나요?"

면접 보기

나는 성의껏 대답했지만
그들은 내 대답이 마음에 들지 않는 눈치였다.
용기를 내 한 마디를 던졌다.

"자신 있는 걸 하나 해도 될까요?"

난 자리에서 일어나 춤을 추었다.
내 강점인 토실한 엉덩이를 열심히 흔들었다.

당장 내일 밤부터 출근하라는 통보를 받았지만 가지 않았다.
단체 생활은 나와 맞지 않기 때문이다.

심야 청소

밤 산책을 마치고 집에 돌아왔는데
바닥에 먼지와 털이 엉켜 춤을 춘다.
집사는 침대에서 코를 골며 자고 있다.
아마 오늘도 늦은 시간까지 내 간식비를 벌었나 보다.
조금 미안한 마음이 들어 내 꼬리로라도 청소를 해 주기로 했다.
꼬리를 살랑살랑 흔들어 바닥의 먼지와 털을 날리는 방법이다.

심야 청소

안 자고 뭐하니?　　　　188

'핫둘! 핫둘!'
열심히 꼬리와 엉덩이를 흔들었지만
방이 더 더러워지는 느낌은 기분 탓일까.
내일 아침, 잠에서 깬 집사가
말끔해진 방을 보며 나에게
"고마워! 오늘은 간식 파티하자!"
라고 말하는 걸 듣고 싶었는데…….
꿈 깨고 잠이나 자야겠다.
청소는 역시 집사가 하는 게 옳다.

상자의 말

새로운 장난감

마음에 드는 상자다.
서둘러 상자에 앞발을 집어넣었다.
냄새도 마음에 들었다.
오늘 밤은 여기서 쉬어야겠다.
몸이 상자에 딱 맞으니
포근해서 더 좋았다.
조금 더 상자 깊숙이
몸을 구겨 넣었다.

"저기요, 제발 나가 주실래요? 너무 무거워요."
나는 주변을 두리번댔다.
"설마 상자 네가 말한 거야?"
"네, 당신이 뚱뚱해서 너무 숨이 막혀요."
"내가 뚱뚱한 게 아니라 네가 작은 거야."
"제발…… 당신은 나한테 너무 과분해요."
"우린 잘 맞는다고!"

'푹!!' 그 순간 상자가 터져 버렸다.
미안함과 후회가 밀려왔지만
되돌리기엔 이미 늦었다.
상자는 그렇게 내 곁에서
영영 떠나 버렸다.

상자의 말

따릉이

늦은 밤, 한 남자가 자전거를 타고 오더니 길가에 멈춰 섰다.
그는 자전거를 세워 두고 바구니에서 가방을 꺼냈다.
"반납이 완료되었습니다. 놓고 가는 물건이 없는지 확인해 주세요."
자전거가 인간의 말을 했다.
남자가 떠나고 자전거에게 다가가 물었다.
"너 인간의 말을 배웠구나?"
"……."
"이봐, 고양이 말은 무시하는 거야?"
역시나 대답이 없었다.
기분이 언짢았지만 참기로 했다.
그의 상황이 딱해 보였기 때문이다.

그는 인간들을 태우고 달리느라 피곤했을 것이다.
다른 자전거들도 깊이 잠들어 있었다.
조심스레 자전거 바구니로 점프했다.
자전거에 올라타니 어디든 데려다줄 것만 같았다.
바다도, 산도, 하늘 위 우주라는 곳도…….
그런 상상을 하면 할수록 자전거에서 내리고 싶지 않았다.

따릉이

밤의 음악

마음을 끄는 소리에 귀를 쫑긋 세웠다.
여기서 그리 멀지 않은 곳인 듯했다.
늦은 시간까지 사람들이 많은 길이라 조금 긴장됐지만
소리에 이끌려 발이 움직였다.

한 남자가 거리에서 연주를 하고 있었다.
오가는 사람이 많았지만 남자의 연주에는 관심이 없는 듯했다.
왜일까. 저렇게 멋진 소리를 내고 있는데…….

더 가까이 다가가 눈을 감고 소리를 몸속으로 흘려보냈다.
마치 그가 나를 위한 연주를 하는 것만 같았다.
털이 삐죽 서고 저절로 몸이 들썩거리는 기분,
음악은 고양이도 춤추게 한다.

밤의 음악

꿈

내가 인고(인간과 고양이를 합친 말)가 되었다.
얼굴은 고양이인데 몸은 인간이라니.
아침에 일어나 양치를 하고 세수를 했다.
끔찍했다. 샐러드와 빵을 입에 구겨 넣었다.
아무 맛도 느낄 수 없었다.
노트북 앞에 앉아 일을 시작했다.
엉덩이가 아팠지만 참았다.
잠이 오면 커피를 마시고 배가 고프면
냉장고를 뒤져 허기를 달랬다.
오후에는 식량을 구하러 마트로 달려갔다.
네 발로 달리면 더 빨리 달릴 수 있을 텐데
두 발이라 아쉬웠다. 몸에서 땀이 났다.
'윽! 냄새.' 혀로 땀 냄새를
지워 버리고 싶었다.
집에 오자마자
욕실로 향했다.

샤워기 물이 살에 닿는 순간 눈이 떠졌다.
'아, 꿈이었다!' 어느새 해가 떠오르고 있었다.
어제는 밤새 아무것도 하지 않고 나무 위에서 잠만 잤다.
앞발을 뻗어 뻣뻣해진 근육을 늘렸다. 그리고 생각했다.
'아, 고양이로 살아서 행복하다.'

야경 스팟

친구가 놀러 왔다.
이 친구는 지구에 살지 않고
외계에서 왔다고 하는데
확인할 방법은 없다.
그는 고양이의 언어를
능숙하게 사용할 줄 알았다.
"왜 고양이 말을 하는 거야?"
"난 고양이를 좋아하거든."
"고양이가 왜 좋은데?"
"야행성이라는 점?
밤에 강한 고양이는 생각만 해도 멋지잖아."
나는 괜히 쑥스러워 뒷발로 턱을 긁었다.
"몽아, 야경이 아름다운 곳을 알고 있어?"
"물론이지!"
우리는 그의 우주선을 타고 야경 스팟에 도착했다.
나 혼자 종종 찾아가던 비밀 장소였다.
"정말 멋지다!"
행복해하는 친구의 모습을 보고 있으니
내가 살고 있는 이 지구가
참 아름다운 곳이라는
생각이 들었다.

야경 스팟

아르바이트

밤에 와인바에서 아르바이트를 한 적이 있다.
내가 하는 일은 손님들 앞에 앉아 있는 일.
손님들은 와인을 홀짝거리며 날 바라봤다.
그들에게서 행복의 파동이 퍼졌다.
내가 일하게 된 이후로 가게에 손님이 늘었다.
나는 그저 가만히 앉아 있었을 뿐인데
그들은 늘 나를 보며 웃었다.
가끔은 내게 맛있는 간식과 장난감을
선물하는 손님도 있었다.

아르바이트

하지만 집에 돌아오면 왠지 녹초가 된 기분이 들었다.
기분 좋게 일을 하고, 맛있는 간식도 먹었지만
채워지지 않는 이 기분은 뭘까.
나에게 중요한 건 혼자만의 시간이었다.
지금도 종종 와인바 앞을 지날 때면
내게 간식을 건네는 이들이 있다.
나는 냉정히 그 앞을 지나친다.
이 밤은 나만의 것,
나의 시간이다.

도망가자

위험은 어디에나 있다.
특히, 집 밖에는 언제나 위험이 도사리고 있다.
우리는 자기 영역에 민감하다.
나는 길에 살지 않지만 길에 사는 친구들에게도 다 자기 영역이 있다.
우리는 모두 그 선을 암묵적으로 알고 있다.

도망가자

우연히 부엉이를 만난 건 며칠 전 밤이었다.
못 보던 작은 새가 내 구역에 앉아 있길래
위협만 주려고 했을 뿐인데 뒤에서 어미 새가 달려들었다.
큰 날개를 퍼덕이며 날아오는 눈빛이 심상치 않았다.
'앗, 이건 무조건 도망쳐야 해!'
나는 마음속으로 외치며 달리고 또 달렸다.
다행히 차 밑에 몸을 숨겨 위기를 넘길 수 있었다.
고양이가 새에게 쫓겨 도망쳤다면 손가락질할지도 모르지만
새도 새 나름이다. 지혜로운 고양이는 도망갈 때를 잘 안다.

도망가자

친구의 죽음

친구가 죽었다.
친구는 어두컴컴한 공원 풀숲 바닥에
차갑게 식어 있었다.
축 쳐진 몸, 입에선 피가 흘러내렸다.
고양이들에게 밝은 늘 위험이 도사리는 곳이다.

난 서둘러 친구의 몸을 흙으로 덮기 시작했다.
녀석의 흔적을 깨끗이 이 세계에서 사라지게 하는 것이다.
'누구나 죽는다. 그러니 너무 슬퍼하지 말자.'
나는 마음을 다잡으며 열심히 발톱으로 흙을 긁어모았다.

친구의 죽음

조금씩 날이 밝아오고 있었다.
무거운 마음으로 집에 돌아오니 집사는 아직 한밤중이었다.
'킁킁.' 몸에서 흙냄새가 진동했다.
그루밍을 해야 하지만 너무 지쳐 집사의 몸에 기대 눈을 감았다.
피곤했지만 잠이 오지 않았다.
친구의 따듯했던 체온, 부드러운 털, 반짝이던 눈동자가 떠올랐다.
되돌아보면 친구와의 모든 기억이 아름다웠다.

'잘 가, 내 친구.'

친구의 죽음

눈물

밤 깊은 시간, 한 남녀가 걸어오는 게 보였다.
잠시 서서 이야기를 나누더니 이내 남자가 떠나고
여자가 그 자리에 주저앉아 울고 있었다.
'뭐지?'
그냥 지나칠까 했지만 나는 의외로 눈물에 약한 고양이다.
옆에 있는 노란 꽃을 가져가 그녀에게 건넸다.
꽃을 싫어하는 인간은 없을 테니까.

눈물

그녀가 고개를 들어 나를 바라보았다.
그리고 흐르는 눈물을 쓱 닦았다.
'꽃이 효과가 있군.'

내가 자리를 떠나려고 하는데
갑자기 그녀의 손이 내게로 쓱 다가왔다.
'뭐야? 설마 날 만지려는 거야?'

"하악!"

나는 발톱을 세우며 거리를 뒀다.
그녀가 시무룩한 얼굴로
내가 준 꽃을 들고 힘없이 걸어갔다.
그 모습을 보고 있으니 인간은
기댈 곳이 필요한 존재일지 모른다는 생각이 들었다.

보답하는 마음

며칠 전, 심야 카페 주인에게 츄르를 얻어먹었다.
정신없이 먹고 나니 기분이 좋아져서
주인에게 턱을 비벼 감사의 표시를 했다.
그 이후로 카페 주인은 일부러
늦게까지 나를 기다려 간식을 주곤 했다.
문득 나도 카페 주인에게 무언가를
주고 싶다는 생각이 들었다.

보답하는 마음

그날 밤, 죽은 생쥐를 물어 가게 앞에 놓아두었다.
그걸 발견한 카페 주인이 기쁨을 주체하지 못하고
"꺅!" 소리를 질러 댔다.
인간은 저렇게도 기쁨의 소리를 내는구나.
그 소리를 들으니 심장이 뛰고 꼬리가 파르르 떨렸다.
받는 것도 좋지만 주는 것도 좋은 일이다.
다음에도 또 놓아두어야지.

보답하는 마음

사냥 교육

오늘 밤은 아기 고양이들에게 사냥을 가르치는 날이다.
고양이가 아무런 노력 없이 사냥을 터득하는 줄 알고 있겠지만
사실은 어릴 때부터 체계적으로 사냥을 배운다.
사실, 사냥 교육을 제안받고 며칠을 고심했다.
사냥을 해 본 지 정말 오래됐기 때문이다.
집에 사는 나는 사냥을 할 필요가 없다.
집사가 매일 사료를 주고 있으니까.
그래도 좋은 취지의 교육을 거절할 수 없었다.

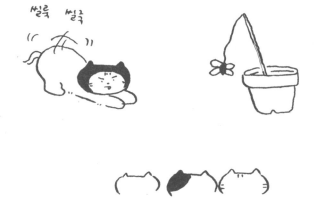

사냥 교육

늦은 밤, 동네 공원에서 아기 고양이들이 나를 기다리고 있었다.
난 집에서 가져온 사냥감을 바닥에 꽂았다.
그리고 비장한 눈빛으로 사냥감을 노려보았다.
자세를 낮추고 엉덩이를 흔들었다.
뒷다리를 용수철처럼 튕겨 사냥감에 송곳니를 꽂았다.
아기 고양이들이 일제히 환호했다.

"진짜 살아 있는 사냥감은 언제 잡나요?"
"음, 그건 다음 시간에……."

나는 그날 이후, 교육 장소에 나가지 않았다.
부디 아기 고양이들이 멋지게 성장하길 바라고 있을 뿐.

사냥 교육

약속

오늘도 밤 산책을 마치고 집으로 무사히 돌아왔다.
잠든 집사의 이불을 앞발로 툭툭 치자
집사가 부스스한 얼굴로 이불을 들어 주었다.
집사의 따뜻한 품속으로 파고들었다.
집사의 심장 소리를 듣고 있으니
문득 기억 하나가 떠올랐다.

우리가 처음 만난 날,
날 안고 달리는 집사의 심장 소리가 들린다.
'쿵쾅쿵쾅.'
나는 집사의 품 안에서 꽁꽁 언 몸을 녹였다.
엄마는 왜 날 떠났을까.
금방 다시 올 거라고 했었는데…….
궁금하지만 엄마를 원망하진 않는다.
신은 나에게 엄마를 빼앗아 갔지만
집사를 주었으니까.

약속

매일 밤 외출 후,
내가 집에 다시 돌아오는 이유는 집사와의 약속 때문이다.
그날 우리는 서로 약속했다. 늘 함께하기로.
나는 집사에게 조용히 말해 주었다.

"걱정 마. 만약 내가 먼저 이 세계에서 사라진다고 해도
다시 고양이로 태어나 너에게 달려올게."

약속

인간의 밤

저도 야행성일 때가 있었습니다.
밤에 유독 마음에 드는 그림이 나오기도 했고
친구들과 술을 즐기고, 일이 없을 때는
편의점 야간 아르바이트를 했던 적도 있었습니다.
뒤돌아보면 저는 밤이라는 세계를 좋아했던 것 같습니다.
아이들은 모르는 어른들의 세계를 맛보는 기분이었달까요.

이제는 해가 지면 일찍 잠자리에 들고
아침 일찍 일어나는 제법 아침형 인간의 생활을 하고 있습니다.
늦게까지 술도 안 마시고 오전에 마음에 드는 그림이 나오기도 합니다.

제게 밤은 한번 지나온 다른 세계 같습니다.
마음만 먹으면 다시 그곳으로 갈 수 있을 거라는 생각도 들지만
어쩌면 그렇지 못할 것 같은 기분도 듭니다.
하지만 이 책을 쓰면서 '몽'과 함께
밤의 세계를 다시 다녀오게 되었습니다.

고양이의 눈으로 바라본 밤은 내가 알던 세계와는
또 다른 느낌이었습니다.
슬프기도 했고 행복하기도 했습니다.
그 세계를 통과한 저는 '묘한 위로'를 받았습니다.
몽이가 만들어 준 이 세계가 여러분에게도
묘한 위로가 되었다면 저에게도 더없는 기쁨이 될 것 같습니다.

안 자고 뭐하니?

1판 1쇄 발행 2024년 10월 30일

지은이   주노
펴낸이   양승윤

펴낸곳   (주)와이엘씨
출판등록   1987년 12월 8일 제1987-000005호
주소   서울특별시 강남구 강남대로 354
           혜천빌딩 15층 (우)06242
전화   02-555-3200
팩스   02-552-0436
홈페이지   www.ylc21.co.kr

모베리는 다양하고 창의적인 생각과 세상의 모든 이야기를 담은
(주)와이엘씨의 출판 브랜드입니다.